LE TABLEAU

PAR

CHEVALIER, MATHURIN

(DE ROCHEFORT)

INSTITUTEUR COMMUNAL DE BEAUGEAY — MEMBRE DE LA
COMMISSION DE STATISTIQUE
CANTONALE — ANCIEN MILITAIRE DE L'EMPIRE

50 CENTIMES.

Ces soldats immortels du plus grand capitaine,
Qui vit courber l'Europe à sa voix souveraine,
Qu'ils sont heureux et fiers toujours voués au sol
De presser dans leurs fils, image aussi hautaine,
Les vainqueurs d'Inkermann et de Sébastopol.

LIBRAIRES : { PROUST-BRANDAY, à Rochefort;
A. FLORENTIN, à Marennes;
FONTANIER, à Saintes.

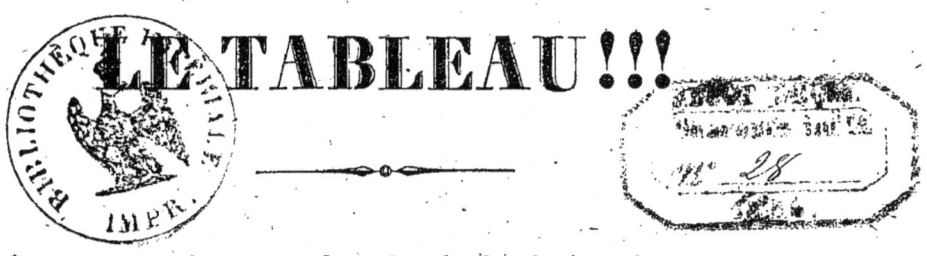

LE TABLEAU !!!

La mort !... c'est notre fin ! c'est le dernier soupir !
C'est l'horloge brisée ou qui ne peut agir ;
C'est un fer refroidi que la flamme abandonne ;
Ce n'est qu'une statue, et ce n'est plus personne ;
C'est un marbre glacé, sans poli, sans valeur :
Une image attérante imposant la douleur ;
Grande et majestueuse en face de son cierge,
Où vont s'agenouiller le vieillard et la vierge ;
Toujours vêtue en blanc, et qu'un laurier bénit,
Qu'un prêtre vient ôter du chevet qui gémit ;
Qu'il conduit saintement, comme un père sa fille,
Dans l'asile de tous, quelque fois sans famille.
C'est le grand résumé des choses d'ici-bas !
Tout naît ! tout meurt ! tout vient ! tout disparaît ! hélas !
C'est l'épouse attendant son époux qui la pleure,
Que l'enfant enleva si longtemps avant l'heure ;
C'est la fille chérie, objet du plus grand deuil,
Qu'un chaste attachement conduisit au cercueil.
C'est l'innocent enfant que la nature avare
Fit si frêle ; et d'autant que le fruit naît plus rare,
Ou qu'un manque de soin, un remède ignorant,
En son berceau fatal étendit expirant ;
Ange appelé de Dieu, dans le cercle des anges,
A l'orchestre céleste, il unit ses louanges
Et toujours en prière, à leurs bénins côtés,
Ses vœux sont constamment pour ceux qu'il a quittés.
C'est l'âge adolescent éprouvé par la vie.
Hélas ? rose d'un jour qu'un soleil a ravie !
C'est la danse et son faste, amusement léger,
Que l'autan des hivers vint soudain abréger.

1856

C.

C'est le baiser d'adieu, des choses que l'on aime ;
L'on ne se revoit plus ! Un obstacle suprême,
De son doigt foudroyant, vous montre un TUMULUS !
Et ne dit que ce mot: « Allez ! N'y pensez plus ! »
C'est... c'est le malheureux que trahit son étoile,
Infime naufragé renversé par sa voile,
Que le sort a marqué, que la fortune fuit,
Succombant sous le poids du destin qui le suit.
C'est le brave soldat tombant sous la mitraille,
Le laurier sur le front, au pied de sa muraille !
C'est le prince éclatant dont il suivait le char :
Eclipsant Charlemagne, Annibal ou César !
Qui disait aux vaincus : « Vous portiez des entraves ;
» Voici mes bataillons ! Vous n'êtes plus esclaves ! —
Aux siens : « Voici l'autel ! La foi vous le prescrit:
« Vos pères y priaient. Replacez-y le CHRIST !
« L'on ne peut être heureux qu'en suivant sa doctrine ;
« J'y vais joindre des lois la ferme discipline ! »
C'est l'homme généreux dans la flamme élancé,
Arrachant son semblable à l'alcôve embrâsé,
Ou le sauvant des flots d'une mer furibonde,
Ou de l'antre écroulé d'une mine profonde,
Ou des glaçons rompus d'un canal obstrué,
Que son corps écarta d'un élan dévoué,
Et, victime lui-même, et d'autant regrettable,
Qu'aux yeux de tous sa perte était inévitable.
Ainsi la mort trompée, en ses plans souvent faux,
Sur qui les lui renverse, elle tourne sa faux.
C'est le bon citoyen chérissant la patrie,
Obéissant aux lois qui sont sa garantie,
Fidèle au souverain qui les fait respecter,
Soumis aux magistrats si prompts à l'imiter.
C'est le riche sensé, du luxe antagoniste,
A ces riens puérils dont la vertu résiste,

Qui va dans un grenier l'hiver la bourse en main,
Secourir le malheur prêt à mourir de faim.
C'est le fils vertueux qui révère son père,
Alimente au besoin sa vénérable mère,
Ou bien soutient sa sœur orpheline au berceau,
Et lui fait oublier ce que couvre un tombeau.
De lui peu différent et rare assez peut-être,
C'est ce bon serviteur qui, fidèle à son maître,
Nuit et jour tout à lui, quel quel que soit le destin,
Du vieillard à l'enfant le sert chaque matin.
C'est le martyr tombé sous la hache païenne ;
C'est Saint-Paul, ou Simon, ce sera Saint-Etienne ;
C'est mille autres comme eux perpétuant la foi ;
Du fils du Tout-Puissant, magistrats de la loi.
Ce sont ces cent docteurs, et ces pasteurs sublimes,
D'un fléau sévissant autres nobles victimes,
Alors que, pour sauver les âmes et les corps,
Ils consacraient leurs soins aux malades, aux morts.
Beaux traits dignes d'éloge et souvent en grand nombre,
Mais cependant, hélas ! dont la morale est sombre !
Beaux exemples transmis à la postérité,
Et qui les lègue aux siens avec même équité !
Enfin c'est le vieillard, lumière vacillante,
A la voix presqu'éteinte, à la démarche lente,
Il a souffert, joui, raconté, jugé, vu ;
Son heure s'accomplit ; enfin il a vécu.
Quel était son désir, sinon de cesser d'être ?
Il était las de tout, et de vivre, peut-être ;
Heureux de rendre au ciel, les jours qu'il a reçus,
Mais plus heureux encor s'il laisse des vertus.
L'on a vécu, l'on meurt, un autre vous remplace,
Le corps était usé, qu'il vide alors l'espace.
C'est justice sans doute, et d'autres avant nous,
Ont terminé des jours qu'il avaient remplis tous.

Ces maillons perpétuels de l'existence humaine,
Donnent bien à penser sur cette immense chaîne.
Combien d'autres maillons s'y joindront-ils encor?
Le métaphysicien fait là naufrage au port.
O ! mort! o! qu'elle image! o quelle perspective!
Mon âme en y pensant, je l'avoue est craintive!
Quel changement soudain, et quel aspect affreux,
Que cette mort hideuse au regard terne et creux!
Un squelette étendu dont les vers se repaissent !
Un suaire en lambeau dont les fils disparaissent !
Quelques cheveux trouvés à côté de débris !
Quelques fois un anneau mais qui n'a plus de prix !
Des fémurs, des tibias, rencontrés sur la voie,
Hélas! qu'un peu de temps anéantit et broie;
Ou que l'amphithéâtre, au scapel imposant,
Sur ses sombres gradins jette encor gémissant!
Que l'homme donc médite et surtout qu'il l'avoue;
Tous ces atours pompeux, qu'est-ce donc? de la boue.
Ces Châteaux, ces renoms, ces plaisirs, ces honneurs,
Que sont-ils devenus? quels sont nos successeurs?
Une pâture en herbe, une fin moins prochaine
Peut-être, mais enfin assurément certaine.
Voilà la mort, voilà ses tristes vérités!
Que le faux persévère en velléités.
Qu'il déverse au prochain son aigreur ou sa haine,
Il se demandera si cela vaut la peine?
Si gardant le devoir qu'écrit l'humanité,
Il pense un seul instant qu'il ne s'est écarté?
Car il faut l'avouer, quelques-uns—Tels nous sommes.—
L'oubli, peut-être plus atteint le cœur des hommes,
Et cet amour de soi se glissant en tout lieu,
Amène à supposer qu'on est soi-même un Dieu.
Et pourtant ce fantôme à son tour en poussière,
Comme l'humble effacé repose sous la pierre!

Comme à lui le cyprès ombrage le cercueil,
Et la Toussaint en pleurs lui consacre son deuil !
Comme lui jouissant des autres biens du rite,
Sa cendre délaissée a sa part d'eau bénite !
Pour peu qu'on se regarde, on sentira combien
Tout vu, tout enseigné, l'on doit vivre en chrétien.
Car analysons bien — et la chose est facile —
Il n'est aucun de nous qui n'ait lu l'Evangile.
Est-il un Christ ou non qui prêcha la vertu ?
Ce secours mutuel de doux noms revêtu !
Cet amour réciproque et l'oubli des offenses ?
Il dit : « Regardez-moi, surtout dans vos souffrances !
« Je vous laisse la paix, (1) sachez la conserver :
« Si je verse mon sang, c'est pour vous préserver ! »
Etoile de respect, expansif météore,
Il inonde d'amour qui fixe son aurore ;
Et comme un père tendre, attentif dans ses pas,
Il en redouble encor pour qui ne le voit pas !
Demandez au lépreux, à l'enfant de Jaïre,
A Jéricho, Sidon, Naïm et Thyatire ?
Mais déjà du Sauveur, des signes éclatants
Apparaissaient à tous, et dans beaucoup d'instants
Maxance a vu sa croix dans les airs se détendre,
Julien l'apostat, obligé de se rendre,
Arrachant de sa plaie un sang encor païen,
Crie : « O ! je suis vaincu par Toi ! Galiléen !!! »
Constantin repentant demande le baptême.
Doutant de ses faux dieux, Clovis en fit de même.
Charlemagne après lui portant partout l'effroi,
Au fameux Witikin sait imposer la foi.
Et bien peu s'en fallut que le sombre Tibère
N'admit sur ses autels celui d'où nous vient l'ère.

(1) V. 27. Chap. XIV. Ev. s. St-Jean.

Le grand Napoléon , à la fin de ses jours,
Loue un Dieu rédempteur, qu'il adora toujours.
Enfin Louis-le-Saint, que son amour domine ,
Rapporte des Saints-Lieux la Couronne d'Epine.
Les grands hommes, toujours, au moment ou plus tard,
A l'angle ont apporté chacun sa juste part'
Ce Dieu ! Mais voyez donc briller cette comète ,
A longue chevelure et qui dans l'air s'arrête;
A la couleur si blanche, aux rayons argentins,
Dessinant aux regards la forme des humains ;
Bien mieux , celle d'un ange enlevé dans la nue !
C'est celle qui du Christ annonça la venue !
Telle n'est pourtant pas celle que vit Trajan ,
Ou Moaviah , Scylla , Vespasien , Séjan.
Un rouge vif, sanglant , teignait sa courbe face ;
Signe effrayant de mort , de carnage et d'audace,
Alors justifiés par l'histoire des temps ,
Renouvelés cent fois par de nouveaux tyrans.
Mais telle l'on voyait , étincelante, immense,
Celle de ce héros que pleure encore la France.
Ou bien ce Labarum de l'empire romain ,
Dont un peuple indompté (1) brava longtemps la main.
Ou celle que Martel, guidant sa brave armée,
Vit poindre à l'horizon , éclatante , enflammée.
C'est qu'un Dieu, qui d'en haut, marquant à tous le but,
Traçant ses volontés, veut que chacun le sut !
Rappelerai-je encor cette éclipse étonnante ,
Qu'un soleil disparu laissa voir si tonnante ,
A cette heure sublime où le chef des chrétiens,
Succombait sous les clous et les cris des païens !
Pourquoi ces rocs fendus, ces secousses de terre,
Ce voile en mille parts , cette nature austère,

---

(1) Les Gaulois.

Cette nuit tout-à-coup, ces vents si déchaînés,
Accablant de stupeur les humains consternés;
Ce regard effrayant de Pilate si blême,
Tremblant pour l'avenir, et pour sa cité même;
Ces gardes confondus, devenus insensés,
Ces sépulchres ouverts et leurs os dispersés;
Cet ange qui paraît dans la tombe du juste,
A la mâle assurance à la parole auguste?
C'est que ce même Dieu de Sion et Memphis,
Disait à l'univers: HOMME ! c'était mon FILS !
Lisez l'ancienne loi, feuilletez les prophètes,
Ils nous annonçaient tous, les plus touchantes fêtes!
Un crèche s'entrouvre : Une auréole a lui!
Un enfant voit des rois à genous devant lui !
Et comme les malheurs doivent suivre ses traces,
Nous en trouverons un redoutant les disgrâces,
Poursuivre en son berceau, sans justice et sans frein,
Cet enfant, qu'il savait être son souverain.
Il grandit cependant sous l'aîle de sa mère,
Et déjà, dans Cana, s'accomplit un mystère !
Saint-Jean prédestiné, dans le lit du Jourdain,
Versant l'onde de vie, au peuple si mondain,
Jésus roi! Jésus Dieu! n'hésite pas lui-même,
A demander au saint, la marque du baptême !
Quoi? le Sauveur de tous, courbé sous un mortel !
C'est qu'au bout de l'exemple, apparaît un autel !
Et Jean le savait bien, qu'en mouillant cette tête,
Il préparait un temple où bientôt fut le faîte !
Les temps étaient venus! le flambeau rayonnait !
Et la terre éblouie en entier s'inclinait !
Mais la foi fut longtemps, dans sa course modeste,
A pénétrer les cœurs de sa flamme céleste.
Des souterrains, un antre étaient les lieux sacrés,
Où s'assemblaient craintifs, les prêtres révérés.

Néron, Dioclétien et toute leur cohorte
Croyant l'anéantir, l'établissaient plus forte !
Des saints toujours nouveaux apportant leurs tributs,
Prouvaient à ces tyrans l'effet de leurs abus.
La lumière à la fin franchissant tout obstacle,
Il fallut obéir à ce puissant oracle.
Avant, nombre de dieux régnaient plus ou moins pis.
Dans l'Inde, c'est Vishnou ; l'Egypte, Kneph, Apis.
Les Celtes adoraient le feuillage du chêne ;
Et le Grec sensuel, ou Bacchus, ou Sylène.
Les Scythes, Zamolxis ; l'Assyrien, Bélus ;
Les Romains, Jupiter, et plus souvent Vénus !...
Les Philistins, Dagon, qui tomba devant l'Arche.
Le père d'Abraham, contraire au patriarche,
Invoquait Téraphim du pays de Laban.
Les vieux Perses, Mithras ; et l'Arcadien, Pan.
Pluton eut ses autels ; de même que Vertume.
Je crois que de Vulcain on adora l'enclume.
Neptune avait la mer de part avec Thétis.
Paris, ce vieux Lutèce, encensait son Isis.
Ou n'oublia pas Mars, et Pallas, et Bellone,
Diane chasseresse, et la pauvre Latone.
Encore de nos jours, ceinte de son bandeau,
La Fortune a son temple, et dit-on, le plus beau.
Les peuples resserrés dans une tribu nulle,
Pour les répandre mieux, on adora la lune ;
La lune est en effet le pays des amours,
Comme les diamants sont le dieu des atours.
Et si Mars ou Minerve eut sa terrible épée,
L'idée en était bonne et ne fut point trompée.
C'est que l'ambition qui faisait ses apprêts,
Cherchait à conquérir soit de loin, soit de près.
Sans doute qu'aux païens encor dans l'ignorance,
Il fallait un essor fondé sur l'espérance.

La culture aux abois ne naissait pas des champs ;
Mais Cérès apparut, vite on lui fit des camps.
Et le socle partout activant la nature,
Le blé rétif sortit haut de l'agriculture.
C'est aussi pour les arts, que Delphe eut Apollon.
Mais était-il besoin d'un dieu pour le larron ?
Cependant le Phyrgien adorait une pierre,
Peut-être aussi le sable et même la poussière.
Ceux brûlés constamment par l'ardeur du soleil,
Loin de le reconnaître offensaient son réveil.
Hé bien ! d'autres placés loin de sa latitude,
Au feu sacrifiaient avec exactitude.
Or la dévotion, qui n'était là, qu'un soin,
Se mariait assez, on le voit, au besoin.
Cette foule de dieux qui surchargeaient la terre,
Virent pourtant la fin de leur triste mystère.
Toutefois par moment quelque nouvel intrus,
Apporta quand il put le dieu d'Assuérus.
On voit encor l'Orient aux pieds de l'Islamisme.
Plus heureux nous avons, nous, le Christianisme.
Il n'est plus un esprit, un seul de mauvais gré.
Tous courbent sous l'auteur un front régénéré.
  Mais autre chose encor à nos sens se prononce.
La vie est un mystère ou plutôt une ronce,
Qui, sans vous déchirer, dit « ne vas pas plus loin,
» De chercher mon secret, non tu n'as pas besoin.
» Vésale s'est perdu dans ce dédale immense ;
» Aristote et Platon n'ont pas plus d'assurance ;
» Pythagore lui-même a sans doute échoué ;
» Et ce fameux Socrate au bien si dévoué,
» A dû s'arrêter là, comme l'ont fait tant d'autres.
  (Des moyens bien petits seront toujours les nôtres.)
» Tu te perdrais de même, il n'en faut pas douter.
» A marcher à l'aveugle on risque à s'écarter.

« Tu te perdrais, te dis-je, en ce sentier oblique.

« Vis et meurs, voilà tout, comprends bien ma réplique.

« Mais vis comme tu dois, occupe-toi surtout

« De ce bien incessant que te fait ce grand Tout.

« Ce Tout qu'on nomme Dieu, dont l'essence invisible,

« Jette dans tes moulins ce grain si transmissible,

« Qui, renaissant toujours, sans jamais varier,

« Centuple son produit sous l'œil de ton bouvier.

« Vois ce bœuf palpitant qui conforte ta table;

« Ce potager si vert, ce verger admirable;

« Cette source abondante, au pied de ton coteau,

« Bouillonnante, ou glacée, ou calme, ou sans niveau,

« Qui purge de ton sein le mal qui le chagrine,

« Ou cuit tes aliments, ou fait mouvoir l'usine.

« Ces bois pour te chauffer, quand dort le firmament;

« Cette laine en flocons qui fait ton vêtement;

« Ces minéraux divers, créés pour ta demeure,

« Ces résonnants métaux où ta main a mis l'heure;

« Ces plantes que l'Orient, prompt à te secourir,

« T'apporte sur ton lit, lorsque tu vas mourir.

« Rien est-il oublié pour les besoins de l'homme;

« Non, non, tout fut prévu, même jusqu'à ton somme.

« Et pour le rendre doux, le cygne eut son duvet;

« S'il orne tes étangs, il gonfle ton chevet.

« Mais tes sens délicats qui chaque jour demandent,

« Voulaient plus, et soudain, les vastes mers t'entendent,

« Tes vaisseaux par le feu vont dans d'autres climats,

« Chercher ces fruits exquis que ton pays n'a pas.

« Et ménageant les vins du crû de ta naissance,

« Tes flacons sont remplis des grands vins de Constance.

» Encore quelques mots, assez justifiés;

» Tes désirs, au besoin, devaient être liés;

» Tes pas étaient trop courts; mais le coursier rapide,

» Renflant ses fiers nazeaux, te lance dans le vide;

» Ou bien c'est la vapeur, ce prodige divin,
» Roi des arts, qu'enfanta le cerveau de Papin; (1)
» Ou l'électricité, plus fabuleuse encore,
» Qui force le couchant de s'unir à l'aurore;
» Ou bien le magnétisme, abstrait dans son calcul,
» Approuvé, combattu, vrai si l'on veut, mais nul.
» Pourras-tu te borner? Le doute est impossible.
» Non, ton idée est-là forte, grande, invincible.
» Tu veux plus, tu t'élève, et nouveau Phaëton,
» Tu traces dans les airs un imprudent sillon;
» Dans ton aérostat, que le danger menace,
» Veux-tu donc, du très-haut, prendre l'auguste place!
» Malheureux! songe bien que pour trop s'élever
» L'on tombe, tu le sais, et sans se relever!
» Ce génie, ah! dis-le, mais parle en conscience?
» Te vient-il, le crois-tu, de ta seule science?...
» Tu vois que pour te plaire, en ta profusion,
» Un Dieu te satisfait, dans toute occasion.
» Eh bien! cherche en ton cœur, ou plutôt en ton âme,
» S'il y reçoit l'encens que demande sa flamme.
» C'est lui qui créa tout : ces étoiles, ces cieux!
» C'est là qu'il jugera les faibles, les heureux! »

---

(1) Nous n'entendons cependant pas ravir au célèbre Watt et autres, que les lecteurs connaissent, leur part dans l'utile découverte.

Aux personnes, et particulièrement à un anonyme qui m'ont aidé de leur bourse, dans l'impression de mon dernier ouvrage.

O ! vous dont un voile modeste,
Cache aux yeux des vertus qu'on devine aisément,
Recevez mon remerciment,
Ministre révéré, vers qui je suis en reste :
Vous m'avez obligé trop généreusement.
En pouvait-il être autrement,
Quand dispensant, de Dieu, la parole céleste,
Vous suivez son commandement ?
Mais d'autres ont aussi, bons cœurs, en tout semblables,
Aidé vos mains si charitables,
Je ne les nomme pas, enfin ils sont venus
A mon œuvre imparfaite apporter leurs tributs.
Permettez qu'en retour, je vous offre pour gage,
Sinon ces nouveaux vers digne de vos rebuts,
Du moins Messieurs, celui de mon sincère hommage.

Sauvetage d'un Enfant

QUI SE NOYAIT SOUS LA GLACE EN 18...

C'était sur le déclin d'un froid et sombre jour,
Décembre s'enfuyait dans son pâle retour.
La neige par flocons descendait des nuages ;
Un vent impétueux présageait des orages.
Tout-à-coup un cri sourd, un appel émouvant
Vibre dans l'atmosphère et se marie au vent.
— Est-il quelque danger ? un accident extrême,
Dans quelque lieu désert, inconnu de Dieu même ?
— Ah ! oui ! courons, volons, volons même au hasard :
Un pauvre enfant se noie !.. O ! non, point de retard !
Jeune imprudent qu'il est ! sur la glace perfide
Son pied s'est élancé, téméraire, intrépide ;
Mais cédant sous son poids, le fluide dangereux
S'était ouvert béant devant ce malheureux.
Seulement une main errante et fugitive
Se cherchait un appui sur la glissante rive !
— L'entendez-vous ! il dit : Mon Dieu, je vais périr !
Maman ! mon bon papa !.. venez me secourir !
— Hélas ! ses bons parents que ce fait va surprendre,
Eloignés de cès lieux ils ne peuvent l'entendre,
Car le petit coupable évitant d'être vu,
Sur la mare bien vite était seul accouru
Sans guide, sans témoins dont tout enfant se cache,
Alors qu'il veut mal faire et se donner relâche.
Aussi le plus souvent rencontrant des écueils,
Combien il est puni !.. Combien parfois de deuils !
O ! parents, surveillez ces vous-mêmes si frêles,
Qu'un Dieu vous a donnés, qu'il place sous vos aîles !
Un regard écarté, le plus court des instants,

Peut vous priver d'un fils. Voyez ! Mais je reprends.
— Venez !... Déjà sa main trop longtemps exercée,
S'échappait sans espoir de la glace brisée ;
Ses yeux ne voyent plus, il sent toute l'horreur
De son fatal état que redouble la peur.
Mais le ciel attentif veille sur cette enfance,
Le ciel dont l'œil profond perce toute distance !
Mongardier ! noble enfant, comme un sauveur paraît ;
Il a vu ce danger ! sa course est comme un trait.
Mais la glace est rompue ! Hélas ! que peut-il faire !
Ce gouffre prolongé dessine une vaste aire !..
Il est seul, sans moyen, et pour comble d'effroi,
La nuit, l'affreuse nuit tire son voile à soi.
Ira-t-il, insensé, sur la pente maudite,
Jouer aussi ses jours sans nulle réussite ?
Il se peint lui de même abrité d'un glaçon,
Et déjà suffoqué par l'amère boisson ;
Sa main cherchant aussi quelque tige en ce hâvre ;
Il voit au lieu d'un seul, un deuxième cadavre !
Treize printemps ont vu le jeune Mongardier ;
Son ami n'en a qu'onze, on le nomme Verdier.
Encore une minute, et c'est fait de sa vie !
Peut-être, Mongardier balance, se récrie ;
L'humanité commande et pénètre son cœur,
De force et de courage, elle enfle son ardeur.
Fille aimable des cieux, immortelle, angélique,
Heureux qui la connaît, bien grand qui la pratique !
— Adieu ! mes bons parents, adieu ! mes chères sœurs,
A pensé Mongardier retenant quelques pleurs.
Peut-être en un instant aurai-je cessé d'être !
Vous n'aurez plus de fils, et de frère peut-être !
Je vous laissai joyeux. Funeste sort, hélas !
Mais si je dois tomber sous la main du trépas,
J'aurai du moins cherché par un noble courage,

A sauver mon semblable en son affreux naufrage !
Le temps presse, soudain, l'enfant s'est résolu ;
Sur ses genoux bleuis, il se glisse absolu.
Déjà craque partout le parquet infidèle,
N'importe ! il faut périr ! ou sauver qui l'appelle !
Il sonde, il se retire écoute, avance encor ;
Encourage Verdier qui perd tout son essor ;
Fait un large circuit, se cramponne à la glace ;
Invoque le Très-Haut ! o ! bonheur ! jour de grâce !
Il a franchi l'obstacle ! il saisit cette main !
Cette main fatiguée et qui s'agite en vain !
Enlever son ami, le traîner sur la grève,
Est moins long qu'un instant, et cesse d'être un rêve !
Il triomphe ! la mort a respecté leurs jours ;
Et le ciel a béni ce sublime secours.
Le jeune Mongardier, tant il ressent de joie,
Traîne longtemps encor son attachante proie ;
Croyant dans son transport que le gouffre attirant
Retient encor Verdier, qui l'embrasse en pleurant.
O ! Verdier songe bien par cette histoire amie,
Songe, enfant, chaque jour, a qui tu dois la vie !
Un trait si généreux ne pouvait se cacher ;
Et la France qui sait en tous temps les chercher,
D'une riche médaille orna la boutonnière
Du noble Mongardier, dont la commune est fière !
Voulant que le courage, en cet enfant de bien,
Trouvât un juste écho dans chaque citoyen !

FIN.

MARENNES

TYPOGRAPHIE DE J.-S. RAISSAC.

www.ingramcontent.com/pod-product-compliance
Lightning Source LLC
Chambersburg PA
CBHW061428170626
46811CB00005B/2184